学会感恩的苏菲

Sophie's Moment of Truth

感　恩 | Thankfulness

［澳］肯·斯皮尔曼 / 著　［新加坡］陈俊强 / 绘　彭安琪 / 译

四川科学技术出版社

第一章

假期过半了，苏菲松了口气。在出发以前，她就提出了五天的小岛之旅不够过瘾。

"连一个星期都不到！"苏菲不停地抱怨着，"为什么我们不能待一个星期呢？"

她的妹妹，苏莎同意道："一个星期会更好，对不对？"

但是刚过了两天，假期就似乎变得没完没了。五天太久了！

这座岛屿孤零零的，而这座海滨度假村，怎么说呢，很"海滨"。这里有一个海滨游泳池、四家海滨饭店，还有海滩。每天你都可以游泳、浮潜、租船划或者租游艇在水面上来回穿梭，直到时间截止。

苏菲注意到的第一件事是，这里没有与

她年龄相仿的小朋友。每个人都待在自己的小木屋里。有一些小木屋建在雨林里，而其他的——比如爸爸选的这间——建在水边的木桩上。

　　"这个地方显然只适合老人家，"苏菲说，"或者来度蜜月的人。而不是我们。"

晚上，在小木屋里，他们可以听到海水在下面轻轻拍打海岸的声音。

妈妈觉得这声音很宁静，爸爸开玩笑说，他一定是死后来到了天堂。

苏菲和苏莎都希望可以打开电视，这样一来她们就可以不用听到这个声音了，但是爸爸妈妈不允许。

这里还很热。

即使在海边也很热，而海风——还不一定有，替代不了空调。刚洗完澡或游完泳五分钟，苏菲告诉爸爸她身上又是黏糊糊的了。

"我好热啊。"苏菲抱怨道，"我又热又黏又无聊。"

"无聊？"爸爸说，"你无聊？"

苏菲耸了耸肩。

"我们在这里——一座像世外桃源一样的岛屿上尽情游乐……而你却觉得无聊？"

苏菲又耸了耸肩。

爸爸看了妈妈一眼，然后叹了口气。

"好吧，亲爱的。那你就无聊吧。我们在机场给你买了一本书，记得吗？为什么你不读一读呢？"

"我在家才读书。"苏菲说，"现在可是在度假！"

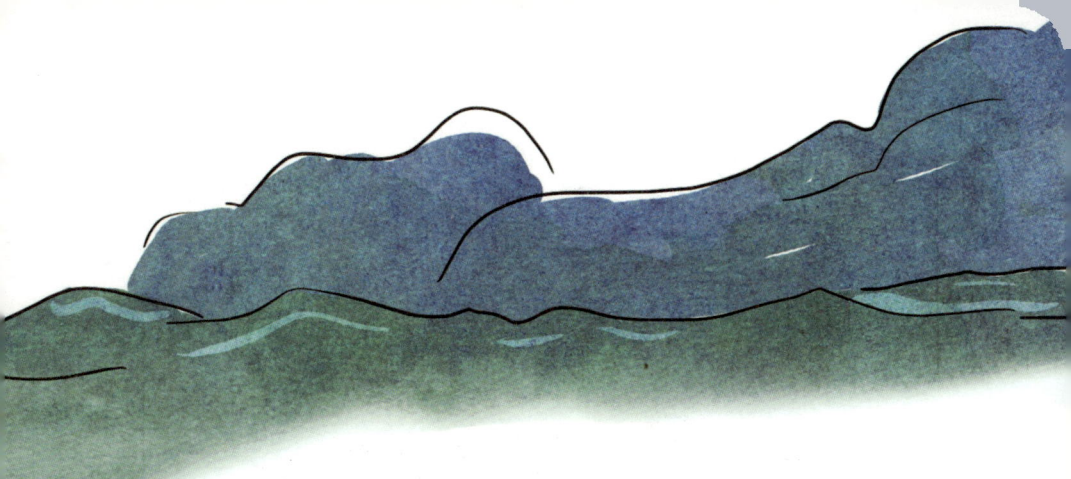

第二章

　　对苏菲来说，这种感觉就像是遭遇海难后幸存一样——她真希望是和更加有趣的人一起被困在这儿，而不是和她的父母以及烦人的妹妹。

　　苏莎在家的时候就够烦人了，但在家里，苏菲至少可以关上房门来逃避妹妹幼稚的胡闹。

  在家里，还有耳机可以屏蔽掉苏莎载歌载舞地谈论愚蠢至极的事情。但是爸爸妈妈认为，耳机和其他的电子设备都不属于这里。

  "为什么这些东西不属于这里？"苏菲问道，"难道是因为它们会让我们想起现在是 21 世纪吗？"

  爸爸笑了，但是妈妈想解释清楚。

　　"苏菲，我告诉过你，我们需要这个假
期来共处一段时间，对不对？我是说真正的
共处。你爸爸和我至今都记得我们在你这个
年纪的时候跟家人一起度过的假期。这些时
光是很重要的——它们会编织回忆。"

苏菲不明白。

"那为什么你们不让我的回忆里出现我最爱的音乐呢？"

妈妈知难而进。

"想想日常在家的夜晚，"她说，"你爸爸在看新闻。晚餐后打扫完卫生我就会对着电脑。你戴着耳机做功课，而苏莎在用爸爸的手机玩游戏。"

妈妈所描述的正是苏菲熟悉的场景。

过去数百个夜晚她是这么度过的，她知道未来至少上千个夜晚她也会这么度过。

"你知道我在说什么，对不对？"妈妈继续说道，"亲爱的，那并不是真正的'共处'，对吧？我们几个人，要么戴着耳机，要么对着屏幕——我们就像是生活在不同的

场景里。"

　　苏菲点了点头。她懂了，但是感觉自己更像个海难幸存者了。

第三章

"我们真幸福!"爸爸靠在椅子上说。

自从他们到这里后,爸爸每晚都这么说,无论是在哪家海滨饭店。"看哪——所有这些都是美食。"

苏菲翻了翻白眼。

最近她常常翻白眼，这比说出她的感受容易得多。

苏菲的感受很复杂。

它很强烈。

它五味杂陈，乱成一团。

它是对任何事情都提不起兴趣，包括这座无聊而老旧的岛屿。

它是不知道怎么像她的成绩单上所建议的那样全神贯注。

它是有自己的手机却不能上网，无法跟朋友聊天。

它是剪廉价却难看的发型，穿实用却丑陋的鞋子。

它是被拿来跟苏莎比较，而苏莎看起来总是那么开心。

　　"苏菲，"爸爸说，他没有冲她发火。当他心情好的时候，他只会给出建议，"只有当你学会感恩我们所拥有的一切，你才能真正享受人生。"

　　"想想世界上正在发生的所有不幸，"
妈妈补充道，"还有那些一无所有的人。"
她告诉苏菲，十年前的一场海啸将整个度假
村夷为平地。"多么可怕啊！人们为了逃命
紧紧地抓住棕榈树。我们真的很幸运。"

　　爸爸觉得幸福，而妈妈觉得幸运——但
是他们的感受阻止不了苏菲感到无聊。不知
怎么的，苏菲觉得更烦闷了。

很快，苏菲把她所有的不满都发泄在苏莎身上，她甚至没有意识到这一点。

她觉得苏莎所说的或是所做的一切好像都是为了让她难受。

不仅仅是她的聒噪，还有她的热忱——她对他们所做的任何事情都感到兴奋不已。苏莎像是散发着正能量的泡泡，而苏菲只想戳破它们。

"拜托，你可不可以不要哼那首曲子。"苏菲会这样说。

或者说："我告诉过你，别——烦——我——"

或者说："妈妈，苏莎一直在抖腿。烦死人了。"

又或者说："冷静点儿，莎莎，你都快炸了。不至于这么兴奋吧？"

苏莎兴高采烈的样子让爸爸妈妈很开心，而他们跟她在一起越开心，跟苏菲在一起似乎就越扫兴。

　　当苏菲推倒苏莎的时候，妈妈抓住了苏菲的手紧紧不放。

　　"你为什么要那么做？"妈妈要求苏菲回答。

苏菲踢了一脚路上的鹅卵石。"我无数次叫她停下，她就是不停。"

"那不能成为推她的理由，是不是？"

苏菲开始哭起来："你总是站在苏莎那边。你甚至不在乎我的感受。"

"告诉我们你的感受，苏菲。为什么你不说呢？"

"我想要另一个家，"苏菲大哭起来，"我想回家。"

第四章

　　终于，他们要离开了。

　　小船把他们送上一座大岛，岛上其实除了一个机场就是购物中心。船嘎吱嘎吱地缓缓驶过平静的蓝色水面。

　　"蔚蓝！"爸爸强调——这片海是蔚蓝色的，而不仅仅是蓝色的。

"蔚蓝。"苏莎不停地重复着，"蔚然蔚蓝，蔚蓝蔚然，蔚然蔚蓝……"

苏菲简直想把苏莎扔下船。要她保持安静根本没用——爸爸妈妈已经明确表示苏菲不应该把自己的想法强加给别人。

"如果你不能享受这个假期，请让我们享受它。"爸爸跟她说过。

乘船后，他们坐了一会儿出租车，然后在机场等了一个半小时。

　　苏菲双臂交叉，跷着二郎腿坐着。爸爸一手拿着四本护照，一手牵着妈妈。他们现在几乎无视她了，但是苏菲没法儿不注意到他们的心情，他们看起来很开心——比他们在家的任何时候都更开心。

"爸爸，我可不可以拿着自己的护照？"苏菲问道。

"再等一下。"爸爸回答。

"它属于这里，"爸爸指着叠在一起的四本护照说，"它们是一家人。"

说完他微微一笑。这么久以来第一次，苏菲没有翻白眼的念头。

相反，她对爸爸报以微笑。

苏菲卸下了心里的重担。微笑的感觉很好，当爸爸把护照递给她的时候，触碰到爸爸手指的感觉也很好。

爸爸妈妈的手轻轻握在一起，这个画面让她的心充满了温暖，她希望以后能经常看到。爸爸用自己的方式对苏菲说了"我爱你"。不论她表现多么不好，她都属于这个家，他们都是一家人。

　　飞机起飞后不久，机长就广播通知他们将在飞行过程中遭遇气流。安全带信号灯一直亮着，很快飞机就在厚厚的云层中颠簸起来。

　　坐在苏菲旁边的苏莎开始发抖。她的嘴唇颤抖着，眼里充满了泪水。

　　苏菲牵起她的手。"别担心，只是云层而已。"她对妹妹说，"我们会没事的。你知道吗？云层就是水而已，许许多多细小的水滴。由于水的密度比空气更大，所以云层使飞机剧烈颠簸，像这样……"苏菲悬起苏莎的手抖动着。"这样更有趣！"

苏莎破涕为笑。苏菲瞥见妈妈，她伸着脖子，透过前排座位中间的缝隙看着她们俩。

　　"我们很快就会到家了，宝贝们。享受这次旅程吧！"

　　苏菲用口型比出了"爱你"两个字，妈妈笑了。

随后，苏菲决定，以后她要大声说出来。

她知道自己从前不懂得感恩，但是爸爸说得对——他们很幸福。

在所有需要感谢的事情中，最宝贵的就是爱。

大家一来讨论

1. 你喜欢跟家人一起度假吗？你最喜欢家庭假期的什么？你认为爸爸妈妈最喜欢家庭假期的什么？

2. 你的家庭假期主要由谁计划？你帮忙计划或者打包行李了吗？

3. 当你和家人一起度假的时候，爸爸妈妈对你有什么期待？

4. 和家人一起度假时，苏菲抱怨了什么？你是否为相似的事情生气或者沮丧过？

5. 当你和家人一起度假时，你是否收起你的电子设备（手机、平板电脑、游戏机等）？这么做有什么效果？

6. 当你和兄弟姐妹或者亲密的朋友一起度假的时候，你们会花更多时间相处，但是有时候，他们做的烦人的事情更让人烦恼。为什么？

7. 苏菲对家庭假期感到失望，请你提出几种积极的排解方式。

8. 你是否感谢过父母给你的假期或者礼物？当你向某人表达你的感恩时，他（她）是什么感受？

9. 你认为拥有共同的度假回忆是否能使你和其他家庭成员变得更加亲密？

10. 你是否对你的家庭感到感激？你是否用语言或者行动表达过你的感恩？